Yvan - Etienne

Bienvenue chez
MME CONTRAIRE

Bienvenue chez
MME CONTRAIRE

Roger Hargreaves

hachette
JEUNESSE

Madame Sage se faisait une joie d'aller passer le week-end chez madame Contraire, à Bizarrance.

En arrivant devant sa maison, elle resta muette de surprise.

Cela n'a rien de surprenant, n'est-ce pas ?

– Au revoir, madame Effrontée ! s'exclama madame Contraire en ouvrant la porte.

– Mais… je ne suis pas madame Effrontée, je suis madame Sage.

– Si vous voulez bien sortir, nous allons prendre un rafraîchissement au salon ! poursuivit madame Contraire en entraînant son invitée dans la maison.

Regarde bien le salon de madame Contraire.
Le cadre est accroché à l'envers.

Et que sert madame Contraire à son amie, en guise de rafraîchissement ?

Des pastilles à la menthe !

Un peu plus tard, madame Contraire proposa à son invitée une petite promenade dans le jardin. Madame Sage se demandait si elle ne rêvait pas : dans ce jardin, les arbres poussaient à l'envers, l'herbe était bleue...

Et, par cette belle journée d'été, madame Contraire s'abritait sous un grand parapluie !

De charmants serpents habitaient dans un arbre…

… tandis que des oiseaux entraient et sortaient de leurs terriers à un rythme effréné !

Une petite averse s'abattit soudain sur cet étrange jardin : madame Contraire s'empressa de refermer son parapluie !

– Allons vite nous mettre à l'abri ! s'écria-t-elle. Je ne supporte pas le soleil !

Cette fois, madame Sage se demanda si son amie ne se moquait pas d'elle.

Et, lorsqu'elles eurent regagné la maison, madame Sage jugea que la plaisanterie avait assez duré et qu'il était plus raisonnable d'aller se coucher.

– Un instant ! dit madame Contraire. Il vous faut mettre votre chapeau au pied du sapin de Noël. Ainsi, le Père Noël vous apportera un cadeau.

Un sapin de Noël… Le Père Noël… En plein été ! Madame Sage se dit que, cette fois, madame Contraire se moquait bel et bien d'elle !

Quel étrange arbre de Noël, n'est-ce pas ?

Madame Contraire souhaita une bonne journée à son invitée et gagna sa chambre à coucher. Bientôt, elle dormit à poings fermés avec la sonnerie du réveil en guise de berceuse.

En revanche, quelqu'un ne parvint pas à trouver le sommeil.

Devine qui ?

Madame Sage, bien entendu !

– C'est un véritable cauchemar ! gémissait-elle en se tournant et se retournant dans son lit. Je n'y comprends plus rien !

Et le lendemain matin…

– Bonsoir, madame Sage, s'écria madame Contraire d'une voix joyeuse. Vous avez une mine splendide, l'air de la campagne vous réussit !

– Je dois avoir une mine de papier mâché ! se dit madame Sage, qui n'avait pas fermé l'œil de la nuit.

Elle n'était pas au bout de ses surprises...

Au pied de l'arbre de Noël, il n'y avait que des emballages !

Où étaient donc passés les cadeaux ?

– C'est la coutume, à Bizarrance, expliqua madame Contraire. Nous gardons les papiers cadeaux et...

... nous jetons les cadeaux à la poubelle !

Un peu plus tard, madame Sage prit congé de son amie.

– Je vous remercie pour ce week-end inoubliable. Au revoir et à très bientôt !

– J'espère bien que non ! dit madame Contraire.

Le lendemain, madame Sage lui envoya une petite lettre de politesse.

Et la lettre disait...

« J'ai été très mal reçue chez vous, votre accueil était nul, et je n'ai jamais passé un week-end aussi raté. »

Et madame Contraire fut ravie !

Tu devines pourquoi, n'est-ce pas ?

RÉUNIS VITE LA COLLECTION ENTIÈRE

1 MME AUTORITAIRE
2 MME TÊTE-EN-L'AIR
3 MME RANGE-TOUT
4 MME CATASTROPHE
5 MME ACROBATE
6 MME MAGIE
7 MME PROPRETTE
8 MME INDÉCISE

9 MME PETITE
10 MME TOUT-VA-BIEN
11 MME TINTAMARRE
12 MME TIMIDE
13 MME BOUTE-EN-TRAIN
14 MME CANAILLE
15 MME BEAUTÉ
16 MME SAGE

17 MME DOUBLE
18 MME JE-SAIS-TOUT
19 MME CHANCE
20 MME PRUDENTE
21 MME BOULOT
22 MME GÉNIALE
23 MME OUI
24 MME POURQUOI

25 MME COQUETTE
26 MME CONTRAIRE
27 MME TÊTUE
28 MME EN RETARD
29 MME BAVARDE
30 MME FOLLETTE
31 MME BONHEUR
32 MME VEDETTE

33 MME VITE-FAIT
34 MME CASSE-PIEDS
35 MME DODUE
36 MME RISETTE
37 MME CHIPIE
38 MME FARCEUSE
39 MME MALCHANCE
40 MME TERREUR
41 MME PRINCESSE

DES **MONSIEUR MADAME**

Adaptation : Josette Gontier
Dépôt légal : Juillet 2011
ISBN : 978-2-01-225185-4 - Édition 01
Loi n° 49-956 du 16 juillet 1949 sur les publications destinées à la jeunesse.
Imprimé et relié en France par I.M.E.